木草棵毒千界讌我

玖合生　著

民族出版社

自　序

我是大地的儿子。

我出生在怒江大峡谷碧罗雪山脚下一个叫尼普罗的傈僳山寨，童年的伙伴是神奇的山水，淳朴的乡亲，通灵的傈僳族的火塘。

参军入伍到部队是我人生成长路上的一个里程碑，在部队这个大熔炉里，我接受了祖祖辈辈狩猎放牧以及刀耕火种之外的许多新鲜事物，包括读书和创作。直到今天，我的足迹遍及首都和远方的广袤国土，我仍然以一个诗歌虔诚信徒的身份在守护着本土的灵魂，仍然以一个民族文化人的身份在坚守着自己民族的精神家园。

随着年龄和阅历的增长，我越来越喜欢透明的诗境，不喜欢华丽的辞藻，不需要绕弯子，就像一支箭飞驰刹那间命中靶心，这是在部队当兵时留下的习惯。

当下诗歌的光怪陆离，我不会眼花缭乱，我会一直守着本心，如同守卫神圣的国土，诗歌需要命中诗意的核心。

世界天天在变，我们也在变，不变的是天长地久的诗心。诗心与生命的本意相关，与世界的起源相关，与生生不息的万物相关。

站在名山大川的褶缝里眺望都市，或者漫游于都市纤细莫测的毛细血管里，对于自己来说，都在经历一场深刻的裂变之痛。作为一个来自怒江大峡谷群山之上的诗人，唯一选择的只能用质朴的嗓门唱出这种裂变之歌。

而此生我只想用最谦卑的身形，最轻柔的笔触，写好万物的命运，写好无声的惊涛骇浪，写好人性的悲悯和善良。

玖合生

2019 年 12 月 13 日

目录

我谦卑于每棵草木

扎根于脚下这块土地
向往着云朵下
一只鹰飞翔的翅膀

在这里，我谦卑于每棵草木
敬畏于草木背后生长着的
每个神灵

我生在这里
将来也会埋葬在这里
我落入凡间，最终也会
归还于这里的一抔泥土

我在这里种植生活种植远方
却始终挣不脱
对这片土地的眷恋

总有些雪花会落在人间

无数次穿越这尘世的丛林
砍掉荆棘，天空蔚蓝
阳光明媚

我歌唱过的土地
让我喉咙哽咽
我赞美过的土地
让我灼热生疼
我的记忆已结冰，已想不起
遇见的每条溪流、江河
每棵草木，忘记它们
都叫什么名字了

我站在这
炎凉的人世里呼吸
我站在这
荒凉的土地上呼吸

这大地上的大地
我只有一所空房子
它长在大海的浪尖上

不是所有的雪都落在山上
总有些雪花会落在人间
它悄无声息

遥望泥土里活着的故乡

草木枯黄，大地裸露着肌肤
又一场雨无声地下在秋天的深处

我渐渐喜欢上了
这雨后的林中被风吹落下的叶落的声音
喜欢上了幽谷山涧中溪流潺潺和清脆的鸟鸣
喜欢上了这深秋的夜晚
草丛石缝中叫走秋的蝈蝈
除了听到这些
听到婴儿出生时的第一声啼哭
我在人世间听不到
比这些声音更为干净的声音

我所出生的村庄渐渐空了
我所长大的故乡渐渐空了
只能一次次捂热着
多年前从故乡捧回来的一把泥土
在他乡的窗口遥望泥土里仍活着的故乡

期望人间多下几场雪

一场雪下来，美好的事物丑陋的事物
瞬间都消失得无影无踪
多好的雪——
期望人间多下几场雪

而人世间的许多事物
有时又让人难辨真伪
不知它们到底哪个是好
哪个是坏

人世又如此美好，为使自己
不在人间发霉
多年来总是不遗余力地
向着阳光不断地扔着自己

万物向着阳光生长

天亮了，阳光照着
万物向着阳光生长
天黑了，月光洒着
星星看着
这是凡人的人间

穿透世间百态的是鹰的眼睛——
它叼着大海的苍茫

一只鹰飞过山谷

一只鹰飞过山谷，没有掠走
任何它需要的食物

草丛中觅食的野兔
警觉地竖起了耳朵

一只鹰只是飞过，幽谷里只留下
它飞过时的声音

到了冬天，离冬天就要远了

一滴水，淌进内心的河流
它暗藏着汹涌

冬天，是从秋天爬过来的
我望见泥土下的草根
若有所思

到了冬天，我离春天一步之遥
离冬天就要远了

秋草渐黄，埋不下一匹马孤独的影子

秋草渐黄，埋不下一匹马孤独的影子

大地又如此广袤，我却守着
一座四周荒芜人烟的空城
这里的阳光很暖月光很凉
星星如同我窥探人间的眼睛

依旧是这匹马，它有着
同我一样的境遇
都在奔向与秋天相反的方向

月光的片鳞洒在荒野

草木有自己的影子
我有自己的影子

“一只鹰俯冲下来”落在肩上
它比我更早
望见世间的景象

看——
月光的片鳞洒在荒野
草尖上的蚂蚁
又比我更早戳破
露珠里藏匿的苍穹

除了阳光，还要汲取雨露
一棵草并不卑微，它拥有着
整个旷野

我知道的大地

海，没有颜色
天空也是

我知道的大地
只有两种颜色——
白天与黑夜

我向大地敞开心扉
我是一个纤夫
在尘世中纤着生活

远山，有雪花飘落

这么多年在人间走着
脚底已生出老茧

这生活馈赠于我的
依旧是疼痛之后仍是疼痛
让人无法缓解这其中的灼疼

溪流顺着沟去了远方
我顺着溪流搁浅在了岸上
连同这水中的一些石头

而远山，却偶有雪花飘落
寂静无声

站在故乡的山坡

祖先说，没有了炊烟
村庄就失去了魂
失去了村庄
故乡就没有了根

站在故乡的山坡
我已无法与一只鸟坦然地对话
即便我们交换位置
相互竟变得如此的陌生

北方人学起了南方话
南方人讲起了北方话
使习惯了母语的乡亲
茫然不知所措

母语失去了家园
土地失去了光泽

一些人一些事一些物
在我的笔尖
也开始有了哆嗦

大地，辽远

风从脊背涌出
穿过一只蚂蚁的胸腔
穿过流水

大地，辽远、向上

风虚无，万物寂灭
我望见这尘世
大海一样悬着

世俗冰凉，我谦卑地活着

行走在属于这人间的大地
无法伸手去触摸天空的
高远与广阔
只能与草木为伍
与蚁同行

我有自己的庙宇
供奉着先祖的神灵和自己的信仰
它神圣不容侵犯

世俗冰凉，我谦卑地活着
不是为了苟活
世俗冰凉，我谦卑地活着
是对万物之灵的敬畏

人性啊

请多些善良，就像这雪

一层加着一层　厚厚的

关于秋天

风经过的岸上
芦花飘飘摇摇

止于这大地上的荒凉
秋天，不是肥就是瘦

藏匿一片海
倾听它的声音
便惊讶于这大地的苍茫

一只蟋蟀划破了冬夜的寂静

树叶在林子里落满了一地
我刚好经过这里的秋天

一只蟋蟀划破了冬夜的寂静
像一个半夜叩门的人
在尘世中浮沉

它像我的影子
又不像我的影子
它是尘世中另一个人的背影

站在山顶

站在山顶
风，从山腰悄然穿过

风经过的地方
是广袤的大地
无垠的草原、大海

秋天，在秋天
在稻草人的秋天里

一只蟋蟀，把天空托得很高

去往春天

世间万象，万物皆有灵。
我说，去往春天
趁着天黑就出发吧
走着走着天就亮了

可鸟儿说，不急不急
它们正飞往春天的路上
草木也在说，不急不急
它们也在赶往春天的路上
花儿也说，它们正
等待着一场春雨
然后用微笑拥抱大地

只有一只蚂蚁
走出蚁穴望了望我
而后噗嗤一笑说，
你早已踩在春天的大地上

啃着冬天最后一块骨头

月亮同太阳一起下山
星星在夜空偷望着人间

提灯赶路的人在深夜里赶路
我仿佛听见他的脚步声
像一场正下着雪的声音

是的，黑暗会在黎明前醒来
可提灯赶路的人仍在继续赶路
我啃着冬天最后一块骨头
略同啃着这世俗的生活
冰凉而坚硬

人啊，终究还是
高不过一株低矮的草木
就如在这冬天里
啃剩下的最后这块骨头
它从滚烫逐渐变为冰凉

雪，漫过山腰

突然间喜欢起雪来
喜欢它落入人间的声音
喜欢它不慌不忙
赶向大地的声音

雪，洁白无瑕
它是人间最美的精灵
雪，漫过山腰
雪化了，草也醒了

可我指向春天的手指
它告诉我
春天还早，还早
不急

我有千万座雪山千万条江河

赤身来到世上，世界像
雪一样洁净
渐渐长大渐渐发现
人世间的许多事物
都有着模糊的影子——

就像这人间不经意落下的一场雪
一时遮盖了世上所有的苦难和丑恶
雪过天晴后
又露出它们狰狞的面孔
让人猝不及防

我有千万座雪山千万条江河
我更有万里无云的晴空
可人世间的许多事物
又渐渐耗尽着我一生善存的悲悯

我所看到的虚无

思想，长满杂草
深夜雷同白昼

我所看到的虚无
它，始于荒芜
又止于荒凉

风，舀来一勺鸟声
在静静的山谷
也在人间

蚂蚁啃着冬天的骨头

一只羊，走失在幽深的山谷
被风，越吹越远

蚂蚁啃着冬天的骨头
大地，被谁抖了一下

虚幻的躯壳
虚无缥缈

仿佛听见

远处，雪山草甸
几近虚无

远处的远处
我仿佛听见
来自海那边的声音

辽阔，遥远

想象，想象之外的事物

黑夜，深沉静谧
想象，想象之外的事物

草在行走
蚂蚁在狂奔

通往春天的路上
我和它们相遇
我们都在路上

荒　凉

孕育一座村庄
冬天，却让它
显得苍凉、荒芜

脱却大地的皮
晒晒太阳
把它扔往春天的沟壑

大地苍茫啊！

夜莺，在草丛歌唱

夜莺，在草丛歌唱
它的歌声委婉凄美

静静的夜里
静静地听

仿佛它，替我唱尽
世间的歌谣

远方不叫远方

万花簇拥，春天就这样
悄然来临

远方不叫远方
它就在不远处
在我所能望见的视野里

远方就是远方
它在另一个国度
在我思想所不能达到的彼岸

溪流向下，我向上

路边，有许多花
叫出名字的
叫不出名字的
都在竞相绽放
只有小草在向我招手

风，是温柔的
唤醒了山谷中所有的鸟虫

溪流向下，我向上
走着走着
竟忘了身后的小路
它始终默默向着远方

荆　棘

无论春夏秋冬，严寒酷暑
它就静静长在那里……

在它的领地它的领土
它的王国

这长在荒野之上的荆棘
立在尘世，多想长成
它的样子

正午的阳光睡在腿上

正午的阳光睡在腿上
稍纵即逝，留给世间
更多的凄凉

而人间，一群人在笼子里
一群人却在笼子外
尘世喧嚣，我不会随波逐流
只食自己的人间烟火

一个人的人间烟火

有关于冬天的遐想

阳光斜照着屋里
懒散，温和
进入冬天了，万物都在
开始处于冬眠的迹象

我反复揉捏这皱褶的日子
远山远水远远近近
多似这炎凉的人间烟火
让人捉摸不透

我还有一盏灯
是的，的确还有一盏灯
它在忽明忽暗着

走向旷野

走向旷野，寻求寂静

风，不静止
万物是它吹醒的

我则醒在时间的另一端
感到惊讶

现　场

撒下一张网
荒野空无

一切又是虚幻的——
这梵高式
柏拉图式的
乌托邦生活

我与它，只是影子
是的，影子

野草莓

野草莓，静静在深山
与世无争
春天里开花
夏天里结果
又在夏天里开花

它无暇路人的目光
无惧过路牛羊的蹄子
继续在秋天里生根发芽
冬天里迎着风霜雨雪

野草莓，顶着蓝天和白云
烈日和月光
喊一声野草莓野草莓
野草莓，它就笑了
在世俗的人间里

旷野上，一棵草在低头无语

旷野上，一棵草在低头无语

风在吹时
我正好路过
风吹它，风也吹着我

我继续向前
旷野，一片寂静

从冬天，走向春天的原野

我所遇见的
都不是我所看见的

我所看见的
都不是我所遇见的

从冬天，走向春天的原野
草在山坡枯了
也在山坡绿了

走在山谷

走在山谷，先是风声、鸟虫声
以及溪流的声音

雨声是后来的
打湿了草尖上的一只蚂蚁

听不到花开的声音
我把世间所有的嘈杂
都拒之在嘈杂的门外

这人间这尘世

只要活着，这尘世中的浮沉
喧嚣浮华，都是安静的

它如草尖上晃过的一阵风

假如有一天
真不在这个世上了
请一定记得，记得把我带回
故乡那片向阳的山坡
那里有我的祖先

站在空谷中呼喊

生活抽走一根肋骨
对世间的疼痛
越发加剧

尘世，荆棘丛生
人世，布满沧桑

望见的村庄
望不见的村庄
恍若沧海一粟

站在空谷中呼喊
回音仍是自己的声音

我能选择自己的出生地

一只蚂蚁叼着一粒粮食的种子
在它的世界里走着
仿佛整个宇宙都是它的

我能选择自己的出生地
却无法选择自己的故乡
只好把他乡当作故乡
故乡是一条望不见的河流
它时而安静时而温暖
又时而忧伤

我是个没有故乡的人
常常在他乡流离失所
我的血液里
流淌着一条随时欲爆裂的大河
它要么向左要么向右
而我走在人间，还感觉得到疼

荒野之上

无以抵达这一切
大地裸露，空旷辽远

远处是山岗
近处是海
一望无垠

遇见一棵小草
它说，正在等待一场春雨
欲将破土而出
我说，我向往大海
但更向往比大海湛蓝的天空
小草无语
我知道它的缄默
石头无语
在荒野之上

远方的远方

风吹过，原野上的草
动了动
风又吹过，原野上的草
静如处子

远方的远方很近
近处的近处遥远

空旷辽远的原野
除了空旷还是空旷

风声从山谷中来

一只蚂蚁，抖落身上的风雪
在雨中前行

这遍地杂草丛生的人世
它有着它的生活
有着喜悦和悲伤

风声从山谷中来
鸟声也接踵而至
这寂静的山谷
终于有了声响

一块石头沉默无语

一块石头沉默无语
它静静地
在原野上展开
我仿佛看到自己的影子
正烙在尘世中的苍凉

如果这世间
还存有一丝阳光
请驱走人性内心里的幽暗
这世界就会有了光明

就像这么多年
在人世走着
担心自己拔出来的刀
伤到那些无辜的人，我总是
一次次地
把刀刃朝向了自己

远　处

村庄和城市
在远处
隐隐约约

湖泊、草原若隐若现

海突然静止
没有了言语

向　往

待赚够一间草屋的钱
就搬到山上去
屋前是小溪
屋后是雪山
再圈块地
埋下世间所有虚拟的杂念

春夏放牛放羊
秋冬放猪放马

每天用雪水洗澡、洗脸
雪山是我的
山上所有的事物都是我的
这样多好

想象的河流

河谷里游走
河岸很空

一座桥
从河上孤独地过
它直达我的村庄

想象的河流
从雪山来
清澈明净
静静地洗亮着村庄的眼睛

困　惑

我爱海，可望见的海
不及故乡的一条溪流
海太大了
盛不下如此浩瀚的波澜

还是盛下
故乡这条细小的溪流吧!
盛下它，就能触摸到
故乡四季的心跳

可故乡又很渺小
这渺小的故乡啊
让我在迷茫中，一次次逃离
又让我在逃离中一次次走失……

假　象

远山没有雪
是的，假象

我把秋天
铺在雪白的纸上
也没有颜色
假象，是的

雪山，还是没有雪

不记得

不记得，在哪个夜晚
与一条河是如何遇上的
它静静地流过我的村庄
流入我的眼睛
溢过我那村庄里仅剩三亩的田地

不记得，真不记得
一只羊又是如何
迷失在悬崖边
可又仿佛听见过它迷失前的叹息

不记得，好多事都不记得了
恍惚间感觉到
一句不记得了的话
竟让属于我的村庄轻轻晃了一下

让时光停留在时光暗流的礁上

从现在开始，得学会遗忘或
抛弃一些事物
诸如名利
诸如爱情
……

这些世俗杂质的事物
想要时
它们总是那么高傲，遥不可及
从未低下过头
不需要时，它们却把头
当做脚，时不时地来踢你一下

我得让自己安静下来
我得让自己的村庄缓慢地长大
让一条流经村庄的河

洗净我的眼睛

让时光停留在时光暗流的礁上

投出一个影，看着我……

与一群羊相遇

与一群羊相遇
领头的那头公羊对我看了又看
它看我的眼神
夹杂着善意
又夹着丝丝的敌意
它不知道
我知道

于是，只好让路给它们
赶着羊群的人
继续吆喝着他的羊群
羊群咩咩地叫着
从跟前经过
给我扔下一身的灰

与一群羊相遇
让我齿冷
偏偏在狭窄的山路上
脚下是悬崖

雪，落在村庄

雪，落在村庄
世界，突然出奇地安静
看着那些美丽的雪花
从山头缓慢地落下

我反复觉察
草尖上的一只蚂蚁
在偷偷地望着我

而，白了的村庄
竟盛下了
一只鸟孤苦的低鸣

两座村庄

两座村庄
一座在下雨
一座在下雪

下着雪的村庄
村庄安静地白着
只有炊烟依然鲜活
下着雨的村庄
炊烟无力地低着它的头
雨水溢满了屋后的池塘
惊扰秋冬的梦
又跌入春夏的梦里

我背不动一洼池塘里的水
背得动一洼池塘里的蛙鸣

风，吹响牧人的短笛

风吹草尖
风吹草根
风，吹响牧人的短笛

牧人的鞭子
甩落夕阳的羞涩
坡上的夜莺醒了

城市太大
我怕
走失了我的羊
村庄太小
我担心我的牛
挤破了寨子的门

一条溪水流经门前

炊烟养着村庄
牧歌湿着村庄的四季

一条溪水流经门前
不住向后张望
风，把牧歌带向了远方

溪水潺潺
唱着歌的小河
略显忧伤
站在岸上
却隐隐听得见
一条鱼轻微地叹息

对坐卑微的事物

村庄越来越小
长出来的庄稼
填不饱
一首山歌

怜悯一棵细小的草的卑微
偏偏遇见了
一只饿昏了的羊
怜悯一只弱小的蚂蚁
可它在草尖上舞蹈的样子
让我有点多余的殷勤

而我，要么坐
要么蹲下，才不会
对它们造成
所谓意义上的伤害

一只鸟在浅浅地低吟

一座山望着一座山
就那么遥遥地望着
一棵树看着一棵树
就那么咫尺地看着

幽幽的山谷里
一条河在默默送走
它的四季

我却听见，草丛里
一只鸟在
浅浅地低吟

村庄，背着一座雪山

一朵雪花，在手心里绽放
逐渐长成一座雪山

雪山下的村庄
却突然容不下
任何与村庄无干的事物

村庄，背着一座雪山
它和雪山一样圣洁

向阳花

故乡，有种花
遍布深山
遍布野林
遍布沟壑
遍布路边
只向着太阳

雪天雨天望不见它
白天黑夜望不见它
它，只风餐露宿

就像此刻
凌晨四点零五分
深夜是白天的眼睛
我能望见白天的黑
我会望见深夜里的黑夜

乡村的背面

乡村的背面，城市的灯火
灼伤着牛羊的眼睛
合适牧人的爱情
它长在山坡上
长在草丛中

一群牛羊赶进山里
牛羊是快乐的
溪水是快乐的

溪水的声音
漫过林中的鸟鸣
舀一勺鸟声
足已喂饱
牧人贫瘠的村庄

选　择

选择一条河流
就得以它的方式
去远方流浪

选择一条溪流
也要用它的方式
学会去歌唱

这些，我都做不到
看着炊烟选择了村庄
真不知道
高兴还是忧伤

一条河面前

很多时候，向一只蚂蚁
学会谦恭地致敬
向一棵草虔诚地蹲下

一条河面前
倾听一粒沙的述说
它无知的过错
原谅了它的无奈

风，把它送进了
我的眼睛
我则看见
一条河清澈地远行

一条河静静地在流

一条河静静地在流
看不见
摸不见
听不见
可我知道
这条河的名字

一条河静静地在流
看得见
摸得见
听得见
因为我站在它的面前

一条河静静地在流
我在分享它的忧伤
它的欢乐
我们相互在深情地凝望

风，吹疼了谁的眼睛

风，吹疼了谁的眼睛
草的眼泪
树的眼泪

甚至一块冰冷的石头
都有了流泪的心情

于是，我在想
假如有一天
不在这个世界了
谁的眼泪
会沾湿我的墓碑

墓志铭

一个人的快乐无人知晓
一个人的忧伤无人知晓

心里有条河
不深不浅

看得见水里的石头
看不见水里的沙子

一只蚂蚁，行走在城市的窗口

一只蚂蚁，行走在城市的窗口
它，听不到山涧里的水声
闻不到原野里的花香
工地上的搅拌机
震聋着它的耳朵
烦躁的汽车声
搅醒着它的睡眠

一只蚂蚁
一只行走在城市窗口的蚂蚁
停留在窗口
向外张望着
却看不到一片青青的草地

一只蚂蚁
一只行走在城市窗口的蚂蚁
其实，多想有
一块芳香着的泥土

一只蚂蚱来屋里做客

一只蚂蚱来屋里做客
它不说话
我也不说话
就这么对峙着

这是一只
生在云南的蚂蚱
屋前是一片竹林
屋后是一片苇丛
可它不知何时窜到屋里来

就是这么一只蚂蚱
咬红了故乡的山背
秋天
胖了

一棵树，被风吹来吹去

一棵树，被风吹来吹去
听不见它的呻吟
感觉不到它的快乐
只看见
被风吹落的叶子

一棵树
仅仅就一棵树
孤零零地
立在向阳的山坡
面对着风

而我，是一只汲水的桶
多年来
被城市的手提来提去

一只破碎的碗，割伤了城市的手

一只破碎的碗
撒落在屋里
怎么扫，也扫不出原来的样子

我依旧听见，它的疼痛
城市屋檐的高低
助长了它的热情和冷漠
忙忙碌碌的人
像雨天搬家的蚂蚁

一只破碎的碗，割伤了城市的手
我看着，仿佛我也疼了

草枯了，冬天这个哲人

一只蜻蜓
栖息在枯干的树枝上
对着我笑

冬天，剥去了大地的衣裳
空旷的原野
阵阵寒风
不解风情
一座座熟透的山峦
如壮实的山汉子
以一种姿势屹立着

草枯了
冬天，这个哲人
却唤醒了一个沉睡的牧羊人

黑夜总比白天长

大地涂上一层灰
天就这么黑了

蟋蟀和虫子
是深夜的精灵
吞没着孤独者的思想

我的黑夜
总比白天长
仅仅只是
诗歌
它偷走了我的睡眠

雨　后

一场雨刚离开
风，就吹绿了山坡
我只遇见一棵树
一棵草
它们像两个陌生的人

树站立着
草低着头
我走着

一只鸟
在枝桠上停落
惬意地望着远方
它又像一个人

土里有根

土里有根
春雨给了它生命
夏雨给了它翅膀
秋雨给了它一双有力的大脚
行走在冬天的旷野上

土里有根
大地是安逸的床
我说的不是草不是树
也不是庄稼

土里有根
谁能想到根以外的事物
我说这个人
不是诗人
也是个哲人

向黑夜伸手

盛夏的夜，不为心事
却仍难眠
蜗居在城边的某个角落
竟可像老家一样
听听鸡鸣和犬吠
窗外的那片竹林
时不时地传来各类虫子的歌声

想伸手去抓
却抓不到什么
我仍像傻瓜一样
向黑夜伸着手

猛然间，抓住的只是
一把自己脱壳着的灵魂

风吹过山坡

树上的虫子醒了
蟋蟀在石缝里哼着歌
惬意地行走

夏天，埋藏了一只
蚂蚱的全部秘密
现在，这只蚂蚱
在秋天的口袋里
蹦蹦跳跳

风吹过山坡
草丛涌动
是谁
把灵魂遗失在荒野

一只蝈蝈在草尖上独舞

夜，伸着长长的手
胜过父亲的杀牛刀
它亮铮铮地晃过头顶

弹弦子的父亲
已拨不动手里的三弦
琴弦断了
苦了它的主人

一只蝈蝈在草尖上独舞
谁又会是它等待的情人

谁的灵魂穿透了一枚落叶

雨，敲打着山背
一支短笛
衔在牧人的嘴里
一首山歌就这么湿了
一群蚂蚁疯跑着
痒了的泥土
肿了

风在舞蹈
谁的灵魂穿透了
一枚落叶

呻吟着的土地
嘴巴里，却只能
含着一根枯草

在故乡，所触及到的事物

在故乡，所触及到的事物
炊烟、牛羊和猪
黎明前阿妈的碓声
敲醒着另一个村庄鸡和狗的睡眠
门前的路上
故乡人木桶里背水的声音
飘满悠远的山路

在故乡，所触及到的事物
奶奶的旱烟味，以及那
细雨后悄悄散发的
泥土的清香
阿爸的咳嗽声
随着赶山的太阳
落在我吃力的笔上
爬山的月亮
落在了他的酒杯里

在故乡，所触及到的事物
遥不止这些
它们先是让我疼一下
再疼一下
直到喊出声音

故　土

祖辈的刀
砍在这里
可刀刃上不长庄稼
只长眼泪和杂草

父辈的刀
砍在这里
可刀刃亲过的地方
依旧只有汗水和苦荞

我的刀
砍在这里
一种叫诗歌的庄稼
开始在土地里滋长

山寨呓语

鸡睡了
狗睡了
牛羊也睡了

唯有寨子的炊烟
跑到坡上

偷听一对斑鸠的情话

故　乡

晨雾，似薄薄的轻纱
盖在山头
我看见一群羊
看见一群牛
看见蚂蚁一样忙碌的乡亲
这里有我的爹娘

炊烟，一如山歌的旋律
一上一下拍打着
故乡是位羞涩的女子
远方是它等待的情人

晨雾，似妙龄的少女
在山头舞蹈
下面是人家
寨子的东头有一条小溪
美丽的歌喉
滋养着这方土地

雪后的村庄

雪后，阳光蓬勃生长
大地散发着清香
一棵小草
从冬天的门缝向外张望
春天就落在院子里

雪后，阳光很暖
母鸡带着孩子
在地里唧唧喳喳地刨食
狗叫声此起彼伏
村庄又恢复了往日的祥和

有阳光的日子真好
村口边
过路的大爷冲我笑了笑
又继续吆喝着他的牛羊
身后湿淋淋地
落下一串山歌

鱼腥草，遍及故乡的沟沿

一股清醇的溪水唱着歌儿
从身边流走
一棵棵嫩绿的鱼腥草
小心地伸着脖子
正试着探望
沟边打水的人

鱼腥草
遍及故乡的沟沿
它，属于故乡的四月
站在这样的沟沿
面对这些有灵性的生命
真不忍放下
肩上扛着的锄头
生怕一锄下去
故乡的四月就枯了颜色

鱼腥草
遍及故乡的沟沿

想起

远嫁他乡的妹子

她也曾和我一样

扛着锄头来过

来过这遍地

长着鱼腥草的沟边

……

长了的碗豆尖尖儿

黄了的包谷
熟了的山寨
醉了的火塘

年老的阿爸
潇洒的阿爸
身子似一把弩
操心的阿妈
一年四季下地的阿妈
额头上又多了几根银丝

长了的豌豆尖尖儿
盖过地里的包谷秆

山寨素描

晨雾，悠闲地笼罩着
地里的山火
同雾一样高
农妇挥着老高的锄头
在山地里刨着春天的土

一把野草
把生命的灵光
留给了故乡的山冈

晨雾，悠闲地笼罩着
山寨升起的炊烟
覆盖山寨惺忪的睡眼

叮咚叮咚　叮咚叮咚
背水的少女
在门前的那条路上
敲醒，故乡三月的清晨

童年的记忆

那年，和弟弟
赶着几头牛去野外放牧
晚归的路上
领头的那条公牛
不慎踩空
滚到了山沟里

很意外，一直严厉的父亲
没有责备的言语
叫喊起寨子里的人
去沟里找牛

喜欢唠叨的母亲
话语很少
只顾在
屋檐下织着她的麻布

寨外的坡地上

炊烟缭绕着村庄
午夜的露水
弄湿了屋檐

寨外的坡地上
荞花正笑弯了腰
路过的牧人
小心翼翼地看着

一群牛羊蜂拥而上
弄疼了山箐里的青草

无　题

一根绳子绕了几圈
我把自己
绕在另一个世界
一条弯弯的小河
欢乐地吟唱
在昨夜鼾睡的梦里

城市的一角
想安置自己的窝
却把魂丢了

午夜的另一头
想起
阿妈养的那只雄鸡

注：傈僳族有用线绳算卦的习俗。

地里的玉米长高了

放牧的妹子
曾经坐在石头上
白云装进她的叶笛中
吃草的牛羊
静静伫立
……

放牧的妹子
而今远嫁他乡
地里的玉米长高了
只有阿妈佝偻的身影

放牧的妹子
是我的幺妹
听说很想家
就是不见回来
奶奶的唠叨中
总是少不了责备

又是一个七月

蒲公英，在无人的山坡
扭动着它的腰
疯长的玉米
盖过地里摘豆的妹子

又是一个七月
抽穗的玉米
像阿妈的笑容

山寨熟了

母亲的麻地

母鸡带着孩子
唧唧喳喳地
在麻地里找着虫子
这声音吹进耳朵
感到从没有过的亲切

麻地，离家很近
布谷鸟叫时
母亲都会撒下一片麻籽
玉米熟了
母亲也开始收割她的麻秆
剥去麻皮后
又一串串挂在屋檐下

离开老家多年了
母亲的那根麻线
一直在心的另一头拴着

谁又在春天脱了冬天的衣裳

春天
脱了冬天的衣裳
大地蜕掉一层皮
一把野火
燃烧了故乡的激情
屋前的那块玉米地
正散发着施肥后的清香
……

犁铧翻过的土
流溢着耕者的喜悦
是谁又在春天
脱了冬天的衣裳

年老的核桃树枝上
一只野鸽正晾晒它的心事

扑通一声

却不知中了谁的箭

谁的弩弓这么残忍?

怀念村庄

风的唇温柔地
与坡上的树亲吻
我听不见树的呻吟
看不见树的欣喜
却感觉得到
一棵小草的快乐

城市的手太生硬
它的口袋里
塞满了冷漠
一只蚂蚁
一只活蹦乱跳的蚂蚁
有可能被一只大脚踩碎头颅

我怀念我的村庄
空气是湿的

泥土是香的
山歌它泡在阿妈的酒缸里
炊烟揉细着妹子的心

喜鹊带回了春天的喜讯

篱笆外菜地，一株桃树
正开得彤红
三月，披戴着
灿烂的衣裳

牛羊归圈了
我看见
被太阳晒蔫的几只喜鹊
在核桃树的梢头
懒洋洋地梳理着羽翼
抖落着
故乡黄昏的尘埃

喜鹊，回来了
带回了春天的喜讯

这里，遍地是石头

白马，阻挡不了
黑马奔跑的蹄子

我的家乡不在草原上
这里，遍地是石头
长出来的庄稼
是一串串歌

雾蔼蔼的山路
一群牛背后
跟着一群羊
牧人的鞭子会唱歌

对　歌

(一)

一条江
隔得开两座山
阻挡不了我对你的情
我是傈家的汉子
我是傈家的男儿
打小，爷爷教会我过溜索的本领
打小，阿爸教会我划竹筏的本事
江水涨潮时
过过溜索就到了
江水平静时
划划竹筏就来了

傈家的男儿
就是这么勇敢
傈家男儿的情
就是这么滚烫

江水阻挡不了

(二)

一条江
仅仅只是一条江
不怕它浑浊的季节
只担心它浑浊时
让你远离我的心岸
只怕我来了
却找不到你的身影

一条江
是多条河来汇成
无数溪水来流成
你不必惶恐
我的情胜过汹涌的江水

(三)

我走过秋冬走过春夏
一路这样反反复复
我不易呀!

那么，就在有河的岸边等我
就在有溪水的岸边接我
过过水
几步就到了

一群正咩咩经过的山羊的眼睛

试图走在你的密丛中
竟连一把砍刀都忘了携带
到达你的山垭口
才发现遍鳞鳞的满身全是棘痕
伴随着垭口的那一场冷风
我无处躲藏

而我原野上疯长的草
正被你用锄头
一锄锄地
连土带根摔往你的田埂
迎合着太阳的毒光

正如原野上长出的嫩草
在春天注定逃不过
一群正咩咩经过的山羊的眼睛

面　对

面对一座山
可以从容地对话
因为我是山的子民
面对一条江
可以毫无顾忌地释放我的情怀
因为我是傈家阿妈的儿子

可面对你我无法这样豪放
我的情虽是阿爸酿“布汁”的火塘烤出来的
可阿妈织出的麻布
却裹住了我的轻狂

面对一座大山
可以一脚踩在脚下
面对一条大江
高挂溜索轻轻飘过
猎人的后代

总有猎人后代的智谋
能翻越几座大山
把猎物扛回家
一条江又怎能阻挡山汉子的脚步

而对峙你的冷漠
喝下一坛阿爸酿的“布汁”酒
仍觉冰寒

你的沟边是谁的地

麦地里
撒下你的麦子
却被一群鸟叼走了

荞地里
收割你的荞子
镰刀，却割伤了
我的手指

你的沟边是谁的地
不长庄稼
也不长草

一群羊啃掉了故乡的青草

一群羊啃掉了故乡的青草
弄疼了牧羊人的心

一群牛吞吃了故乡的嫩叶
牧牛人的背篮
只剩下忧伤的叶笛

恋人的镰刀
割了原野疯长的草
我竟背不动
一只母亲空空的竹篮子

小草只会在春天里苏醒

小草只会在春天里苏醒
草尖上的露珠
是冬夜里留下的温柔
它招来了一只蚂蚁
这只蚂蚁是快乐的

我愿变成另一只蚂蚁
我想与它分享快乐
可它却拒我千里

春天的秘密藏在花朵里

春天的秘密藏在花朵里
没有谁知道
只有蜜蜂在肆意地掠夺

母亲的荞粑粑
却越揉越软

思　念

有一种思念很疼
嚼在嘴里
是咸的
藏在心窝里
不小心便化成了脓

一块石头开口说话了

睁开眼睛时
你离我
是那么地远

闭上眼睛时
你离我
是那么地近

一块石头开口说话了
它原谅了我

内心里装着一只蚂蚁

风，不知道
草的快乐
树的痛苦
花的悲伤

内心里装着一只蚂蚁
知道了它的悲伤
它的欢乐
它却不知道我心路的遥远

心上的人揉碎了我的心
我用自己的眼泪
当成锅上的油
心上的人剁碎了我的肝
我用自己的眼泪
当成下菜的酒

也许，最终我们会

不担心母亲的石磨
磨不出荞面来
母亲本是撒荞的能手

更不担心父亲的酒杯
总是盛不满自家的“布汁”酒
父亲本是个酿酒的高手

也许，最终我们会
行同陌路
这是我最担心的呀
面对你的离去
我无法饮下一杯断肠的酒

停落在枝头上的鸟儿

知了不叫了
它把自己
送进了夏日的末端
只有我在为它哀伤
叹息生命的短暂

停落在枝头上的鸟儿
被秋雨浇透
湿湿地，如我

秋风中
我把心腌了
挂在屋檐下
等待恋人的盐巴和辣椒

桃花，开始静默地伫立

桃花，开始静默地伫立
它遇见了你

去年的桃花
开在今年的桃树上
现实的村庄有牛有羊
梦里的村庄开满鲜花

遇见了你
我开始在自己的村庄
种下一片桃园
它，四季都在花开

多想让一条河……

多想让一条河
在村庄间缓慢地流淌
让河边的青草
喂活村庄里的牛羊

多想削平
一座山背后的一座山
这样，就可以看见
坝子、草原和湖泊了

如果这样，该多好
我就不用
千里迢迢地思念你

你就在跟前了

一棵青藤蔓过你的屋檐

长杂草的地
开始长着庄稼

对岸是你的村庄
春夏，过过桥就到你的门口
秋冬，蹚蹚河就到你的门口

而一棵青藤
却蔓过你的屋檐
它的根在我的土地

风，从远方告诉我

风，从远方告诉我
叶子把秋天背在身上
草把冬天藏在根里
它叫我悄悄的

除了悄悄
风，不曾告诉我什么

只知道，你和我相遇在桥上
而岸上却开满了苇花

山上下雪的时候

山上下雪的时候
村庄也在下雪
村庄刮风的时候
心也在跟着哆嗦

家门前，篱笆内的菜地
几株桃树
正悄悄打着苞儿
今年的春天
要比往年的春天来得早些

于是，我开始知道
该下地翻犁你春天的土了

村庄，坐落在雪山下

村庄，坐落在雪山下
长满了各种花草

一株野樱桃
却从去年开到今年
蜂儿恋着它
鸟儿恋着它
我也恋着它

坐落在雪山下的村庄
鸟语花香
只因它，住着我心爱的姑娘

走过荞地

走过荞地
身后的荞花就开了
秋天走得很慢

走过荞地
身后的荞子就熟了
冬天却来得很早

阿妈说，我喜欢吃荞粑粑
就特意为我撒了三亩荞子
荞花开了
等着蜜蜂来
荞子熟了
却迟迟不见你踏来

后　记

在生我养我的怒江大峡谷，鲜活的不仅仅是人类智慧的闪光，也有花草树木。它们不仅葱茏、绚烂，也有生命和高尚的灵魂。

《我谦卑于每棵草木》就像这长遍开遍在峡谷崖壁、荒野和石缝中的树木花草，沐浴着阳光和雨露的滋润，点缀着怒江这片土地上的葱翠与生机。

感谢著名画家、中国美术家协会会员、重庆市文史馆研究员、重庆市第二师范学院美术系蒋维青教授为诗集所画的精美的封面插画；感谢著名军旅作家、海南省文学院院长、“笔外意象”笔墨艺术创始人、中国建筑陶瓷博物馆签约艺术家梅国云老师欣然在海南为书名所题写的墨宝。

感谢给予关心诗集出版的民族出版社汉文编辑二室主任、编审欧光明老师和为本书顺利出版而付出辛勤的责任编辑向征老师，封面设计金晔老师；感谢一直以来在我文学创作和人生成长道路上默默给予关心帮助、支持鼓励的州县领导和州县各部门领导；感谢一直鼓励或仍然鼓励我诗歌创作的人们。我会一如既往，继续努力前行，谦卑地向厚重的生活取经，向世间万物充满感恩和敬畏。

2019 年 12 月 13 日于六库

图书在版编目（CIP）数据

我谦卑于每棵草木 / 玖合生著 . — 北京：民族出版社，2019.12
ISBN 978-7-105-15986-4

Ⅰ. ①我… Ⅱ. ①玖… Ⅲ. ①诗集—中国—当代
Ⅳ. ① I227

中国版本图书馆 CIP 数据核字（2019）第 292266 号

我谦卑于每棵草木

责任编辑：向征
封面设计：金晔
出版发行：民族出版社
地　　址：北京市和平里北街 14 号
邮　　编：100013
电　　话：010-64228001（汉文编辑二室）
　　　　　010-64224782（发行部）
网　　址：http://www.mzpub.com
印　　刷：北京中石油彩色印刷有限责任公司
经　　销：各地新华书店
版　　次：2019 年 12 月第 1 版　2019 年 12 月北京第 1 次印刷
开　　本：787 毫米 ×1092 毫米　1/32
字　　数：100 千字
印　　张：4.375
定　　价：30.00 元
书　　号：ISBN 978-7-105-15986-4/I・3027（汉 2852）
